鬥嘴一班 ⑯

小弟弟來了

卓瑩 著

新雅文化事業有限公司
www.sunya.com.hk

人物介紹

文樂心
（小辮子）

開朗熱情，
好奇心強，
但有點粗心
大意，經常
烏龍百出。

高立民

班裏的高材生，
為人熱心、孝
順，身高是他
的致命傷。

江小柔

文靜溫柔，善解人意，
非常擅長繪畫。

胡直

籃球隊隊員，
運動健將，只
是學習成績總
是不太好。

黃子祺

為人多嘴，愛搞怪，是讓人又愛又恨的搗蛋鬼。

周志明

個性機靈，觀察力強，但為人調皮，容易闖禍。

吳慧珠（珠珠）

個性豁達單純，是班裏的開心果，吃是她最愛的事。

謝海詩（海獅）

聰明伶俐，愛表現自己，是個好勝心強的小女皇。

第一章　弟弟來了

　　周日的第一束晨光出來時，江小柔已起牀梳洗，穿上一身翠綠色的碎花裙子，預備跟爸爸媽媽出發去電影院，看那齣她期待已久的卡通電影。

臨出門前，江小柔不忘把盛滿貓糧的盆子送到小貓妙妙的窩子前，輕撫着牠淺棕色的毛髮，温聲細語地說：「妙妙，我現在要去看電影，你要乖乖幫我看家，不許搗蛋，我回來再陪你玩喔！」

就在這時，站在大門前整裝待發的江媽媽忽然叫了一聲，身子往牆壁一靠，右手摀住懷有八個多月身孕的大肚子在喊疼。

江小柔和江爸爸都慌忙跑上前，一左一右地扶着江媽媽，緊張地連聲問：「怎麼了？怎麼了？」

江媽媽喘着氣說：「我猜……該是弟弟來找我們了！」

江爸爸聽到後不敢怠慢，馬上轉身往睡房裏走，邊走還邊吩咐江小柔說：「請你照顧好媽媽，我收拾一下行裝便立刻出發到醫院！」

看着媽媽痛苦萬分的樣子，小柔有些慌了手腳，不曉得自己可以做什麼，只好小心翼翼地扶着媽媽來到沙發，聲音帶點顫抖地道：「媽媽別怕，爸爸很快便會帶你到醫院的！」

江媽媽畢竟已經有過一次生產經驗，即使肚子持續陣痛仍能保持鎮

定，反過來安慰小柔：「別擔心，每個媽媽都必須經歷這種痛，沒事的！」

　　有經驗的江爸爸其實早已把入院時所需的物品收拾妥當，不消片刻便提着一個手挽袋走出來，召喚計程車直奔醫院。

抵達醫院後，江爸爸隨即陪着江媽媽進了產房，無法跟進去的江小柔，只能既焦急又緊張地守在外面。

在乘車往醫院的途中，江小柔目睹媽媽疼痛得冷汗直冒的樣子，心裏震撼極了。她從來也沒想過，當新生命誕生的時候，媽媽會這麼難受。

她目不轉睛地盯着那個通往產房的入口，心情是異常的矛盾。她一方面為正在經歷痛苦的媽媽而擔心；而另一方面卻又對從未謀面的弟弟充滿期待。

等待的時間分外漫長，江小柔

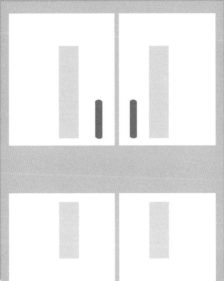

在外面的走道來回踱着步，也不知到底踱了多久，才終於等到爸爸步出產房。

「爸爸，怎麼樣了？」小柔急忙上前查問。

江爸爸咧着嘴開懷地笑說：「放心吧，母子平安，弟弟還是個足八磅重的胖寶寶呢！」

江小柔眼睛閃着興奮的光芒：「我很想去看弟弟啊！」

我很想去看弟弟啊！

爸爸連聲答應：「好好好，不過醫生正在為弟弟檢查身體，我們待會兒再去吧！」

江小柔只好按捺住內心的激動，待護士姐姐把小弟弟推進嬰兒室，她才能透過一道透明的玻璃窗，跟小弟弟第一次見面。

剛穿上人生第一件衣裳的小弟弟

睡得正香，小柔完全看不見他的眼睛，但即使只憑他那方方正正的臉形、挺直的鼻子和略顯豐厚的嘴唇，已能從中找出幾分爸爸的影子。

看着弟弟那張像花瓣般粉嫩的小臉蛋，江小柔不由得甜甜一笑

地說：「爸爸你看，他的樣子十足就是你的翻版啊！」

爸爸自豪地呵呵笑：「這是自然的，他是我的兒子啊！」

第二章　我是大姊姊

　　第二日回到學校，江小柔一見到文樂心，便樂滋滋地告訴她：「心心，我當大姊姊了！」

　　「嘩！弟弟出生了嗎？太好了，恭喜你啊！」文樂心也滿心歡喜，但隨即又忍不住羨慕江小柔，「我一直都是別人的妹妹，也想嘗嘗當大

姊姊的滋味呢！」

江小柔撓着頭，慚愧地一笑：「其實我也不知道大姊姊應該是怎樣的！」

文樂心根據自己跟哥哥相處時的點點滴滴，得出了一個結論：「依我看，要當一個好姊姊，最重要就是讓弟弟或妹妹開心。」

「那麼我應該做些什麼才能令弟弟開心啊？」小柔迷惘地問。

文樂心朝她眨一眨眼睛，調皮地笑說：「很簡單，你只要別像我哥那樣，整天擺出一張木頭臉就好了！」

江小柔被她逗笑了，忍不住替她哥哥文宏力抱打不平：「宏力哥哥其實也很好嘛，每當你遇上什麼困難，他不是也會出手幫你嗎？」

　　文樂心有點不好意思地吐了吐舌頭：「嘿嘿，這倒是事實！」

　　江小柔嘴裏雖然是這樣安慰文樂心，但文樂心作為妹妹的心聲，小柔還是隻字不漏地聽進耳裏，並默默告訴自己要做個好姊姊。

　　江媽媽不在家的這幾天，江小柔以忐忑不安的心情度過。好不容易終於等到媽媽和弟弟出院那天，放學鐘

聲一響，江小柔便一口氣趕回家。

她剛來到家門前，還未及打開大門，便聽到裏面傳來嬰兒「哇哇」大哭的聲音，像是出了什麼事的樣子。

弟弟怎麼了？小柔心頭一緊，趕忙打開大門一看，只見客廳的地板上，有一大攤奶白色的髒物，而媽媽則坐在沙發上，一隻手輕柔地為懷中的弟弟掃着背，嘴裏還低哼着搖籃曲，試圖安撫正在哭鬧的他。

「怎麼回事了？」小柔被眼前的一切嚇倒了，正疑惑着該怎麼辦的時候，只聽到浴室裏傳來了爸爸的聲音，「是小柔回來了嗎？快過來幫忙吧！」

　　江小柔趕忙把書包往旁邊一扔，

急步地跑進浴室：「爸爸，怎麼了？」

　　浴室的地板上放置了一個小浴盆，江爸爸正開着花灑，為小浴盆添加熱水，一見到小柔，便一連串地吩咐道：「小柔，弟弟剛才喝奶時嘔吐了，身上髒兮兮的，我得先替他洗個

澡，請你幫我把弟弟洗澡用的毛巾、沐浴露、紙尿褲及一套乾淨的衣服拿過來好嗎？」

　　「遵命！」乖巧的小柔一聲答應，馬上施展敏捷的身手，忙碌地四處張羅，很快就把東西湊齊了。

當萬事俱備後，弟弟回家後洗的第一個澡，隨即開始。

　　爸爸首先為弟弟脫去沾了嘔吐物的髒衣服，然後把他徐徐地放進浴盆。剛開始時，弟弟的臉容明顯有些繃緊，然而當他一碰到水，便忽然

「咔」的一聲，小臉蛋漾起了一絲甜甜的笑意，一雙小腳不停地在水中撥動，下水前那緊張的神情早已煙消雲散。

「原來弟弟是個愛乾淨的小寶寶呢！」江小柔看着小人兒那副享受的模樣，不禁一臉羨慕地歎道：「能得到爸爸這樣『服侍』，弟弟真幸福啊！」

江媽媽看了她一眼說：「你像弟弟那樣小的時候，我們也曾經這樣子『服侍』過你呢！」

小柔頓時害羞地紅了臉，跺一跺

腳說：「媽媽，你怎麼提起這些事！」

　　就在這時，弟弟的一雙小腳忽然使勁地一蹬，即時激起浴盆裏的水，旁邊的江小柔和江媽媽，恰好被水花濺了個正着。

江小柔和江媽媽的臉都被弄濕了，而那個「闖了禍」的人，卻不但毫無悔意，反而越玩越起勁，咧着嘴「咔咔咔」地笑了起來。

　　母女倆互相對望了一眼，看到同樣濕漉漉的對方，再回頭看看弟弟那副天真無邪的笑臉，都忍不住哈哈大笑起來。

第三章 最可愛的寶寶

　　這天上視藝課的時候，鄧老師很高興地向大家宣布：「今天有好消息！為了培養同學對繪畫的興趣，學

校決定舉行一場繪畫比賽，得獎者除了可以代表學校出賽外，還可以獲得豐富獎品！」

「太好了！」向來熱愛繪畫的江小柔馬上拍掌叫好。

黃子祺一聽到有獎品，頓時精神一振，連忙舉手問：「鄧老師，請問是什麼獎品？」

鄧老師笑着聳了聳肩：「大概都是你們最喜歡的那些小玩意吧！」

雖然同學們不像小柔那樣熱衷繪畫，但對於那些豐富獎品，卻是心動不已。

鄧老師見大家反應熱烈，於是提議說：「既然大家都感興趣，那麼你們今天的視藝課，不如就一起來畫參賽作品吧！繪畫比賽沒有主題及形式的限制，換而言之，就是『自由題』，你們可以自由發揮，顏料及素材也可以隨意使用。」

　　「自由題」聽上去好像很容易，但實際上反而令人無所適從，黃子祺

托着頭思考了大半天也茫無頭緒。

文樂心也苦惱地撓着小辮子說：「該畫些什麼好呢？」，她把頭往鄰座的高立民一湊，想看看他到底在畫什麼，卻被高立民發現了。

他連忙用雙手摀着畫作，抬頭瞪着她：「看什麼？你想抄襲嗎？」

「我只不過想看看而已，誰要抄襲你了？真不害羞！」文樂心反駁

他，轉而看看前面的江小柔，「小柔，你在畫什麼？」

江小柔的畫作已完成了一大半，她揚起圖畫紙，雀躍地向心心介紹：「我這幅畫名叫『新成員的誕生』呢！」

圖畫紙上畫着的，正是弟弟首次回家當天，她和爸媽合力為弟弟洗澡時，弟弟把水花濺到各人身上的溫馨場面。為了使畫作更具立體感，小柔還特意在水花的位置塗上銀色的閃粉，令畫作看起來更耀目生光。

文樂心驚喜地
讚歎：「嘩，你畫
得很漂亮啊！」

35

高立民忍不住一看，發現畫作中除了小柔和爸媽外，還多了一個笑瞇瞇的小寶寶，不禁驚訝萬分地喊：「小柔，原來你有一個這麼可愛的弟弟啊！」

經他這麼一說，大家才得知江小柔當上姊姊了。

鄰座的吳慧珠滿臉好奇地問：「小柔，當姊姊到底是什麼滋味啊？」

「我的弟弟是個調皮的小不點，總愛在不該笑的時候笑、不該哭的時候哭，弄得人啼笑皆非。」江小柔側

着頭，認真地回想着弟弟生活中的種種事情：「記得有一次，我走路時沒注意，一頭撞在爸爸的胸膛上，我們同時喊痛，躺在旁邊的弟弟看見了，居然還幸災樂禍地大笑起來，多令人氣憤啊！」

江小柔看似是在批評弟弟，但整張臉都透着濃濃的笑意，「然而，看着他那副開懷大笑的樣子，我們都跟着笑了。」

只憑小柔的描述，吳慧珠已能想像這個弟弟有多可愛，她的語氣也不禁輕柔起來：「哎呀，被你這麼一說，

令我很想見見這個小弟弟喔！」

「好呀，歡迎你們隨時光臨啊！」小柔高興地答應。

這天晚飯的時候，江小柔仍然情緒高漲，滔滔不絕地跟爸媽分享畫作的事：「今天我在學校畫了一幅我們的全家福，同學們都很羨慕我有一個可愛的弟弟呢！」

媽媽正要開口回應，躺在客廳網牀上的弟弟忽然連續打了好幾個大噴嚏，弄得滿嘴滿臉都是鼻涕，媽媽趕緊放下碗筷，找來手帕為他抹乾淨。

可是，弟弟仍然不斷打噴嚏，似

乎有點異常。媽媽伸手探了探他的額頭，又摸了摸他的臉和手，一臉擔心地說：「弟弟怎麼了？該不會是生病了吧？」

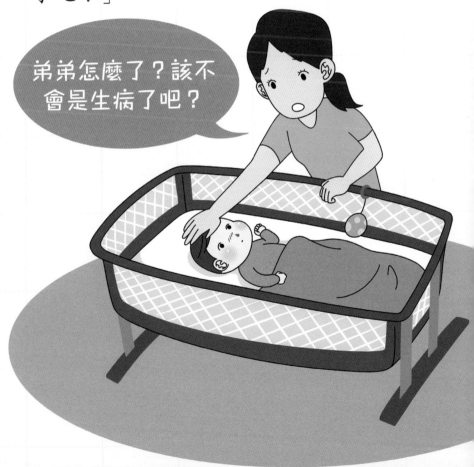

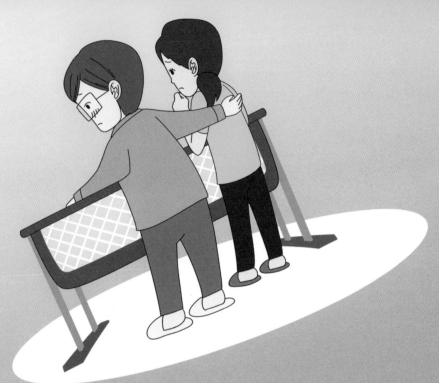

　　爸爸立刻取出體溫計，為弟弟量體溫，「幸好，體溫正常。」

　　媽媽這時才鬆了一口氣，但還是不放心：「無論如何，我明天還是帶他去看看醫生比較穩當。」

　　弟弟是沒什麼大礙了，但爸爸

媽媽的注意力仍然停留在弟弟身上，江小柔感到很無趣，只好匆匆把飯吃完，然後自己抱着妙妙回到睡房裏去。

小柔輕撫着妙妙淺棕色的毛髮，喃喃地説：「妙妙，現在爸爸媽媽忙着照顧弟弟，我只能找你聊天。你不會嫌我煩的，對不對？」

第四章 最艱難的決定

日子一天天過去，弟弟不知不覺已經四個月大，動作開始多了起來，不是把身子翻來覆去；就是揮動一雙「飛毛腿」，使勁地踢着懸掛在牀邊的小皮球，像在踏單車似的。他一邊踢，還一邊高興地「吃吃」笑，逗得大家都忍俊不禁。

為了爭取時間跟弟弟玩耍，江小柔每天放學回家後，都會儘快完成功課。

這天下午，小柔完成功課後，便

如常來到弟弟的網牀前逗他玩耍。小
柔跟他玩得起勁，一時心血來潮，將
妙妙抱到弟弟面前説：「弟弟你看，
這是小貓妙妙！」

　　她又回頭跟妙
妙説：「他就是
我的弟弟啊！」

小弟弟還是第一次跟妙妙這麼接近，他睜着一雙比玻璃珠子還清澈的大眼睛，定睛地望着牠。妙妙對弟弟也同樣十分好奇，他們便這樣互相對望起來。

就在這時，弟弟忽然打了個很大的噴嚏，而且一個接着一個，連鼻水都跟着跑出來了。噴嚏不但沒有要停下來的跡象，反而越來越嚴重。

正當小柔不知

該怎麼辦的時候，江媽媽忽然緊張地跑過來，一手把弟弟從網牀上抱起，急忙地跑開，臉上略帶不悅地說：「小柔，你怎麼能把妙妙抱過來？快把牠帶回睡房去！」

小柔被媽媽嚴肅的樣子嚇倒了，慌忙把妙妙抱走，心裏卻感到莫名的委屈：「我做錯什麼了？媽媽為什麼這麼生氣？」

過了好一會兒，江媽媽把弟弟安頓好後，才帶着一絲歉意

走進來說：「小柔，對不起，剛才媽媽一時焦急，語氣重了些，你千萬別生媽媽的氣。」

　　小柔向來善解人意，聽到媽媽這麼一說，心裏也就釋然了，但她還是一臉疑惑地問：「媽媽，這到底是怎麼回事了？」

　　這時，江媽媽才耐心地解釋：「近月來，弟弟經常打噴嚏。起初我以為只是普通感冒，後來見他越來越嚴重，便帶他去看專科醫生，才得知原來他是鼻敏感。」

　　小柔頓時眉頭一皺，有點擔心地

問：「這該怎麼辦？」

江媽媽微笑着安慰她道：「別急，醫生説只要弟弟遠離所有致敏原，包括灰塵、毛娃娃及長毛的小動物，病情就會好轉。」

小柔這才安下心來：「這就好！」

「不過，這樣的話……」媽媽歎了口氣，遲疑了片刻，才一臉無可奈何地繼續説，「我們家妙妙，就無法繼續住在這兒了。」

小柔霎時晴天霹靂，忍不住衝口而出：「這怎麼可以？牠是我們的家人啊！」

這怎麼可以？牠是我們的家人啊！

　　江媽媽一臉難過地說：「妙妙來我們家已經五年了，你還記得牠是從何而來的嗎？」

　　「當然記得，牠是爸爸從診所裏帶回來的！」江小柔不假思索地說。

　　江媽媽感慨地點點頭：「當時牠

病得很重，被主人遺棄在診所門外。我和你爸爸都喜歡小動物，不忍心看到牠流離失所，所以待牠的病治好後，便把牠帶回家飼養。可是，現在弟弟有鼻敏感，不能跟妙妙同住，我們不得不作出艱難的決定。」

雖然江小柔也明白當中的道理，但她自幼便跟妙妙一起玩耍、一起長大，妙妙對她來說，早已猶如一位青梅竹馬的玩伴，怎能輕易說分開就分開呢？

「媽媽，我保證會把妙妙看好，絕對不會再讓牠靠近弟弟，求求你別

把牠送走，好不好？」小柔央求道。

江媽媽難過地搖搖頭，溫柔地安慰道：「雖然我們無法再把妙妙留在身邊，但我和爸爸已向朋友們廣發消息，希望能為妙妙物色一位既有愛心，又願意承擔責任的好主人。媽媽向你保證，在我們還未找到合適的新主人之前，我是不會把牠送走的，好嗎？」

江小柔知道這個決定已經不會改變了，不禁難過得痛哭起來。

第五章 眾裏尋他

這天午飯時，江小柔拉着文樂心訴苦：「心心，我該怎麼辦？你能幫我嗎？」

文樂心得知妙妙的事後，也深表同情，卻一臉無奈地搖搖頭：「雖然我也很想幫妙妙，但我家裏人較多，媽媽必定不會答應的！」

「怎麼辦？難道我跟妙妙真的不能再見了？」江小柔見文樂心也幫不上忙，急得幾乎要哭了。

文樂心也很替她難過，連忙安慰

她道：「不如我們問問其他同學吧，如果有同學願意收留牠，那麼你日後就有機會跟牠再見面了！」

「好主意啊！」江小柔馬上目光一亮。

江小柔坐言起行，匆匆跑到講台

上，朗聲說：「各位同學，我家裏的小貓已經養了五年，但因為弟弟有鼻敏感，不能繼續飼養，請問你們願意收留牠嗎？」

高立民聽見是貓，立刻頭皮發麻，搖搖頭說：「貓是最頑皮的了，整天東抓西挖的，家具都會被抓破，我才不要呢！」

江小柔馬上為妙妙申冤：「我的妙妙很懂事的，絕對不會亂抓東西！」

吳慧珠像想起什麼似的問：「妙妙？是不是你曾經提起過的那隻自小跟你在一起，很乖、很溫馴的小貓？」

　　「沒錯，牠陪伴了我那麼久，我怎麼捨得跟牠分開呢？」江小柔神情失落，「珠珠，你能收留牠嗎？」

　　吳慧珠愛莫能助地攤了攤手：「我也很喜歡小貓，可是我家本來就小，又已經養了

一隻狗，無法再多添其他寵物了。」

　　高立民忽然指一指黃子祺：「喂，你不是家裏的獨子嗎？多養一隻小貓應該不難吧？」

　　「我不行啦！」黃子祺很有自知之明地乾笑一聲，「我媽媽有我這個搗蛋鬼已經夠頭疼了，還要她多照料一個？她肯定不會答應！」

　　周志明腦筋一轉：「你們怎麼不問問海獅呢？她既是獨生女，又是

模範生，是父母的寵兒，一定會有求
必應吧？」

　　江小柔覺得這話有道理，趕緊把
目光轉到謝海詩身上：「海詩，求你
救救妙妙，好嗎？」

　　大家都以為謝海詩必定會答應的，沒想到她忽然臉上一紅，顯得有點尷尬地撥了撥鬈曲的頭髮：「抱歉喔，我小時候曾被貓抓傷，現在仍存有陰影呢！」

　　連最後一絲希望也落空，江小柔難掩失望的心情。

　　當天放學回家，文樂心剛跨進家門，便扯開嗓門大聲嚷：「媽媽！媽媽！」

媽媽！媽媽！

　　文媽媽正在客廳跟隔壁的宋婆婆聊天，忽然見到文樂心一陣風似的跑進來，頓時臉色一沉地問：「什麼事大呼小叫的？你沒看見家裏有客人嗎？」

　　文樂心見到宋婆婆原來也在，連忙禮貌地笑着打招呼：「宋婆婆對不起，我一時情急，沒注意到您來了！」

　　「沒關係，我跟你媽媽只是在閒

聊。」宋婆婆和藹地一笑。

　　文媽媽皺着眉頭問：「你這麼心
急的，到底是什麼事？」

「媽媽，我們收留小柔家的小貓咪吧，好嗎？」文樂心單刀直入。

「你怎麼忽然會有這樣的怪念頭？」文媽媽不明所以，「我們一家五口，你和哥哥的雜物又特別多，早已覺得有點擠了，哪能再騰出空間來養貓呢？」

文樂心見媽媽一口拒絕，心知沒有商量的餘地，只好識趣地閉口不語，倒是坐在旁邊的宋婆婆很感興趣地問：「心心，你說什麼收養小貓，是怎麼回事了？」

文樂心見她這樣問，便把小柔為

小貓找新主人的事，如實地告訴了宋婆婆。

宋婆婆同情地歎息一聲：「這隻小貓的確很可憐喔！」

文樂心連連點頭：「就是嘛，所以我才急着要找媽媽商量！」

宋婆婆沉默了片刻，忽然提議

道：「如果由我來當這個新主人，你覺得怎樣？」

「什麼？」文樂心的腦筋一時轉不過來。

宋婆婆微笑着解釋：「瑤瑤每天上學後，家裏就只剩我一個人，如果能有一隻小貓咪陪在身邊解解悶，我覺得也挺有意思。」

聽到這兒，文樂心才總算弄明白：「您的意思是想收養妙妙嗎？」

宋婆婆笑着點頭：「你覺得怎麼樣？我可以嗎？」

「可以！當然可以啦！」

文樂心喜出望外，立即從沙發上一躍而起，「太好了，我明天就跟小柔説！」

隔天回到學校，文樂心第一時間

向江小柔報喜。

　　當小柔知道這個新主人是宋婆婆時，更是喜不自勝：「原來是宋婆婆！她不是正好住在你的隔壁嗎？」

　　「對啊！」文樂心得意地嘻嘻一笑，「這麼一來，日後你來我家時，就能順道去探望妙妙了！」

　　「哇，真是太棒了！」小柔欣喜若狂，衝上前感激地擁着文樂心，「心心，真的很謝謝你啊！」

中國歷代皇朝
的演變

第六章　誰是一代明君？

　　這天常識課的課題是「中國歷代
皇朝的演變」，鍾老師首先向大家簡

略地介紹了歷代最重要的朝代及君主，然後有點好奇地問：「從秦朝到清朝約二千年間，經歷過各個皇朝興衰，你們對哪個朝代或君主最感興趣？」

黃子祺搶先舉手說：「在我看來，建築萬里長城的秦始皇最神秘！」

「對對對，我跟爸媽到西安旅遊的時候，也見識過秦朝的兵馬俑，場面十分壯觀呢！」周志明連聲附和。

文樂心很不以為然地哼了一聲：「這有什麼了不起？他焚書坑儒，是

個大壞蛋！唐代的唐太宗李世民，開創太平盛世，才是一代明君。」

江小柔贊同地點點頭：「在歷代皇朝中，我也是最喜歡唐代，那時候很繁榮昌盛呢！」

「我倒是很欣賞清朝的康熙皇帝，他可是文武雙全的天才，如果我能有他半分的能耐就好了！」高立民的臉上滿是崇拜的神情。

胡直高興地附和：「好兄弟，英雄所見略同啊！」

謝海詩卻搖着頭，擺出一副很有見地的樣子說：「再好的皇帝也會有

私心，他們誰也不是好人，最多就是比較開明而已！」

鍾老師滿意地笑着點點頭：「很好！既然大家對各朝代都有認識，我想請大家各自分組，選擇一個你們認為最好的君主，然後向其他同學們作詳細介紹，看看哪一組做得最好。」

高立民和胡直有默契地對望一眼後，搶先舉手說：「鍾老師，我想和胡直一起寫康熙皇帝！」

黃子祺也不甘後人地舉手：「老師，我和周志明選秦始皇！」

文樂心見狀，馬上回頭跟小柔

說：「既然我們都喜歡唐代，不如我跟你一起寫唐太宗好嗎？」

吳慧珠和謝海詩趕緊插嘴問：「可以算上我們嗎？」

「好啊！」江小柔點頭微笑，「這個星期天你們來我家一起做功課吧，還可以順道見見弟弟呢！」

高立民見他們都到江小柔家，也立刻舉手說：「小柔，我也想去啊！」

文樂心疑惑地盯着他：「你不是跟胡直同組嗎？為什麼要跟着來？你有什麼企圖？」

高立民輕哼了一聲道：「我只

是想探望小寶寶而已，能有什麼企圖？」

　　胡直連忙附和說：「大家一起做，可以互補不足，何樂而不為呢？」

　　「我們也要去！」黃子祺和周志明也趕忙湊熱鬧。

　　江小柔倒是來者不拒，落落大方地笑說：「沒問題，大家一起來好了！」

第七章 樂極生悲

這個星期天的下午，江小柔的家可熱鬧了，文樂心、高立民等一行七人，把小柔的客廳擠得寸步難行，不為什麼，就是要一睹小寶寶可愛的笑臉。

偏偏寶寶此時正好熟睡，大家只好趁着這個空檔，把所需的資料及文具攤放在餐桌上，開始做功課。

身為
烹飪導師
的江媽媽
自然不會
怠慢小客
人，為他們
預備了多款拿
手甜點和果汁。

他們一邊吃，一邊埋頭苦幹，而
江媽媽也乘機坐在沙發上歇息。

好一會兒後，高立民放下筆來，
左顧右盼，當他見到由女生們合作的
那張唐太宗功績圖時，忍不住大笑出

聲：「不是吧？你們合共四個人，就只找到三項功績嗎？」

他手指着身前的康熙圖表，洋洋得意地說：「我和胡直已經找到四項了！」

謝海詩很不以為然地反駁：「我們這是精益求精呢！」

黃子祺揚起手中的秦始皇圖表，神氣地說：「論功績，誰能及得上我們的秦始皇？
你們看！」

當文樂心看到圖表中寫着修築長城這一項時，不禁抗議道：「為了修築長城，強迫人民當苦力，這樣哪能算是功績？」

吳慧珠連連點頭附和：「秦始皇是暴君！」

黃子祺不服氣地跑上前，把她們的圖表一手奪過，指着其中一項說：「唐太宗大力

推行科舉制度，令我們
歷代莘莘學子都得承受
沉重壓力，這才是最
大的暴政！」

　　文樂心受不了
他的強詞奪理，連忙
追上前將圖表搶回來，
駁斥道：「胡說八道！
如果沒有考試，大家
還會用功讀書嗎？」

　　就在這時，客廳
忽然傳來「咿咿呀呀」的
聲音。

大家回頭一看，只見網牀上的小寶寶不知什麼時候醒了過來，正睜着一雙圓滾滾的黑眼珠，好奇地盯着眼前這群不速之客。

吳慧珠白了黃子祺一眼，低聲地責怪道：「都怪你，把寶寶吵醒了！」

大家不約而同把手上的圖表往桌上一放，一擁上前跟寶寶打起招呼來。

吳慧珠笑瞇瞇地跟他揮手：「嗨，我是珠珠姐姐呢！你好嗎？」

文樂心不慌不忙地打開背包，取出一個藏着鈴鐺的小皮球，遞到寶寶面前搖了搖，讓它發出清脆的「噹

噹」響聲，並刻意裝出稚嫩的聲線逗他：「這個小皮球送給你，喜歡嗎？」

小寶寶張着明亮的大眼睛，好奇地瞪着小皮球好一會，才把皮球接過，模仿着文樂心把皮球接連搖了好幾回，搖着搖着，還沒長牙齒的小嘴巴往上一翹，「吃吃吃」地笑起來，胖乎乎的臉蛋隨即泛起一個小梨渦，特別精靈可愛。

他這一笑，融化了所有人的心。

文樂心忍不住開口問：「小柔，我可以抱抱他嗎？」

「我也想抱啊！」吳慧珠爭着舉

手，謝海詩、高立民、胡直、黃子祺等人也是一副躍躍欲試的樣子。

江小柔有些遲疑：「可是，你們懂得怎麼抱嗎？可不能把弟弟弄傷啊！」

文樂心撒嬌似的請求道：「拜託嘛，再不然弟弟由你來抱，我們只在旁逗他好了！」

「這倒是個好辦法啊！」江小柔點點頭，便俯身把小弟弟從牀上抱起來，緩緩地坐到餐桌前，讓他們跟弟弟玩耍。

小弟弟被這麼多哥哥姐姐圍着自己，不但沒有半點怕生的樣子，還興

奮得手舞足蹈，一雙腿使勁地往左右亂踢，誰不知他這一踢，卻無意中把餐桌上的一杯西瓜汁踢翻了。

「啪」的一聲，杯子應聲翻側，鮮紅色的西瓜汁隨即從杯中淌出，像火山爆發時噴出的熔岩一樣，正快速地向着他們費了半天工夫才完成的圖

表前進。

　　「不好了！」

　　眼看大家的心血即將毀於一旦，江小柔無暇細想，匆匆伸手想把功課推開，希望能及時挽救這場「大災難」，卻忘了弟弟還在自己懷裏，當

她的左手急速往前一伸，躺在她右臂上的弟弟便不由自主地跟着她往前，只聽到「砰」的一聲，弟弟的腳撞到桌子上去了。

被撞痛了的小弟弟頓時哇哇大哭，把正在倚着沙發打瞌睡的江媽媽吵醒了。

弟弟的哭聲把江媽媽嚇壞了，本來還睡眼惺忪的她立刻衝上前，將弟弟從小柔手中抱過來，一邊輕拍他的背脊，一邊回頭質問小柔：「這到底是怎麼回事？」

這到底是怎麼回事？

第八章 不是我的錯

　　這一連串意外，不過就是發生在一瞬之間。

　　江小柔驚魂未定，聽到媽媽厲聲查問，也不知該怎麼回答，只好結結巴巴地說：「我⋯⋯我們剛才跟弟弟玩耍的時候，不小心碰翻了一杯果

汁，我一時焦急，撞到了弟弟。」

「什麼？」江媽媽聽說他們不但打翻東西，還撞到了弟弟，立刻冒出一身冷汗，也來不及聽小柔細說，已急忙把懷中的弟弟仔細地檢查一遍。

在確定弟弟安然無恙後，江媽媽才再次回過頭來，嚴屬地斥責道：「小柔，你做事怎麼能如此魯莽？不但沒有好好照顧弟弟，還粗心大意地打翻

東西，害得弟弟幾乎受傷，你這個姊姊到底怎麼當的？」

江小柔知道自己的確把弟弟弄痛了，不過果汁卻是弟弟自己打翻的啊！雖然弟弟年紀小不懂事，但媽媽也不能因此便把所有事情都怪到她頭上來，這樣對她太不公平了！

她連忙為自己辯白：「我沒有打翻東西，這不是我的錯啊！」

這不是我的錯啊！

江媽媽見小柔不肯承認錯誤，就更生氣了：「剛才弟弟分明好端端的在牀上睡覺，如果不是你把他抱起來，他又怎麼會受傷？」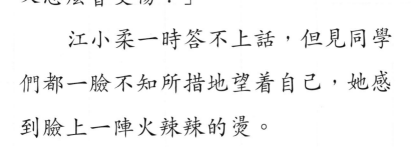

江小柔一時答不上話，但見同學們都一臉不知所措地望着自己，她感到臉上一陣火辣辣的燙。

文樂心眼見小柔委屈得快要哭的樣子，心裏內疚極了，連忙上前向江媽媽道歉説：「江阿姨，真的很對不

起，小柔是經不起我的再三請求，才勉為其難把弟弟抱出來的，都是我不好，請你不要責怪她吧！」

口齒最伶俐的謝海詩也急急解釋：「其實是我們一時貪玩，把小寶寶抱出來，卻沒料到他因為太興奮而把果汁撞翻。小柔是為了搶救我們的

功課，才一時不小心把寶寶弄痛的，真的很對不起！」

高立民等人也紛紛向江媽媽道歉：「江阿姨，是我們不好，對不起！」

當江媽媽聽到大家的解釋，知道自己錯怪了小柔，心中很內疚，想要向小柔好好解釋，

卻又不好當着眾人面前說，等到同學們都告辭離去後，小柔已一個轉身跑回睡房裏去。

江媽媽輕叩房門，可惜得不到任何回應，心知小柔仍然在氣頭上，只好隔着一道門對她說：「小柔，對不起，媽媽剛才太焦

急，錯怪了你。你別生氣，好嗎？」

躲在睡房裏的小柔，心裏仍然氣憤難平，對於媽媽的話完全聽不進去。

自從弟弟出生以來，她自問一直很盡心盡力地愛護小弟弟。她明白年紀尚小的弟弟，的確比她更需要媽媽的關懷與呵護，所以即使自己被爸媽冷落，也能體諒他們。

弟弟的抵抗力不足，受不了妙妙毛茸茸的毛髮，媽媽堅持要把牠送走，小柔心裏雖然一萬個不情願，但仍然能理解媽媽的情非得已。

可是這一次，媽媽為了弟弟，竟不問情由便當眾斥責自己，小柔真的傷心了。

第九章　真正的全家福

　　第二天一覺醒來，江小柔心裏仍然無法釋懷，她刻意迴避媽媽灼灼的目光，只低頭默默無語地吃過早點，便匆匆出門上學去。

她並非故意要為難媽媽，而是不知該怎麼面對她。

經過一夜的反思後，她明白這一切都是因為媽媽很擔心弟弟，但即使如此，媽媽也不能完全不顧她的感受啊！這證明自己在媽媽的心目中，根本遠遠及不上弟弟。

想到這裏，她覺得心裏隱隱作痛。

她滿懷鬱悶地回到學校，才剛踏進教室，文樂心卻一臉興沖沖地跑過來：「小柔，好消息啊！」

此刻的江小柔對任何事都提不起

勁，只漫不經心地反問一句：「怎麼了？」

「先別問，跟我來！」文樂心十分雀躍，二話不說便拉着她奔出教室，一直來到校務處門外，然後將手往公告欄一指，喜滋滋地笑說：「噔噔！你看這是什麼？」

　　江小柔不以為意地抬頭望去，只見公告欄上貼着三幅畫作，每幅畫作旁邊分別貼着大大的「冠」、「亞」、「季」字樣。

　　她見到貼着冠軍字樣的畫作，竟然就是自己那幅命名為「新成員的誕生」的作品，原本沒精打采的她頓時

眼前一亮，驚喜萬分地喊：「啊，原來我得到繪畫比賽冠軍！」

文樂心朝她笑着，連聲道賀：「恭喜！恭喜！」

正好站在旁邊的吳慧珠，得知小柔獲獎也很替她高興，一邊細心欣賞着她的畫作，一邊指着畫中那個笑得燦爛的嬰兒說：「哎喲，你把弟弟畫得多麼活靈活現呀！看得

我恨不得在他嫩白的臉蛋上捏一把呢！」

　　江小柔望着畫中弟弟那副活潑可愛的笑臉，不禁回憶起當初創作畫像時，自己對於弟弟的到來是何等的喜悅。如今不過幾個月的光景，那種喜悅的感覺，怎麼就再也找不着了呢？一時間，連她自己也搞不懂為什麼。

　　這時，黃子祺剛巧路過，聽到吳慧珠的話，忍不住嗤笑一聲説：「豬豬，他再可愛也不過就是一張畫作，

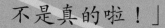

不是真的啦！」

　　吳慧珠無所謂地笑說：「不要緊啊！待我們下次再去小柔家時，不就又可以見到小弟弟了嗎？」

　　文樂心笑着擺一擺手，說：「不必等了，學校開放日當天，繪畫比賽便會進行頒獎禮，到時候小柔爸媽便會帶他來了啊！」

　　吳慧珠連忙拍一拍胸口，熱情滿滿地說：「太好了，開放日那天我一

定帶備相機，保證為你們拍一張真正的全家福。」

江小柔苦笑道：「看來你們的希望都得落空了，我爸媽現在每天都忙於照顧弟弟，相信他們十之八九是不會出席的。」

文樂心看出江小柔心中不快，連忙加以安慰：「沒關係，你的得獎作品會於頒獎禮現場展出的，到時我們替你和畫作合照，然後你再把照片帶回去跟他們

分享，不也是一樣嘛！」

　　「嘿，這就不是真正的全家福啦！」黃子祺插嘴道。

　　江小柔頓時臉色一暗。

　　文樂心和吳慧珠見狀，氣得立刻

緊握拳頭，兇巴巴地朝他大吼：「你真可惡！」

　　黃子祺見情況不妙，連忙轉身逃之夭夭。

自從被江媽媽當眾訓了一頓後，江小柔便再沒有逗弟弟玩耍，只整天把自己關在睡房裏，也不曉得在幹些什麼。

江媽媽自然也注意到她的轉變，猜想她對於上次的誤會仍然耿耿於懷，於是到了周末的早上，江媽媽便藉詞弟弟要

覆診，帶着小柔一併出門，並順道來
到附近的公園，想跟她好好地聊一
聊。

　　母女倆一起推着嬰兒車，沿着公
園的小徑，慢慢地往前走。

　　這條小徑的右方有一個小斜坡，
斜坡下面是一大片嫩綠的草地，許多
小朋友都聚在這兒玩耍：有追逐嬉戲

的，有跳繩的，有打羽毛球的，也有吹肥皂泡的，非常熱鬧。

當小柔他們差不多來到斜坡的邊緣時，忽然聽到身後有人高聲喊：「小柔！」

江小柔回頭一看，只見一個束着長馬尾的女生正歡天喜地跑過來，女生身後還有一位老婆婆，也熱烈地朝他們揮着手。

「哎喲，原來是宋婆婆和瑤瑤呢！」江小柔驚喜地迎了上前，一把拉着宋瑤瑤，便在旁邊長滿青草的小斜坡上坐了下來。

瑤瑤還未坐好，小柔已急不及待地連聲追問：「妙妙現在怎麼樣了？牠習慣新環境嗎？有沒有鬧情緒？」

「牠啊，」宋瑤瑤立刻眉開眼笑，「初到我家的時候，的確有點忐忑不安，總愛把自己

藏起來，我和奶奶翻遍屋子也找不着牠。你猜猜，牠到底跑哪兒去了？」

江小柔用食指輕敲着嘴角：「躲在牀底？還是廚房的灶底？」

宋瑤瑤嘻嘻一笑：「都不是，牠是跳到客廳的假天花上去了！」

江小柔忍不住哈哈大笑：「我跟

牠在一起這麼多年，也不曉得牠居然
還是個攀山高手呢！找天我一定要去
你家見識一下啊！」

　　平日在家感到很沉悶的宋瑤瑤，
聽到有人來探望自己，當然是求之不
得：「好呀，隨時歡迎啊！」

　　在另一邊，江媽媽把嬰兒車泊好

後，便熱情地拉着宋婆婆在旁邊一張長凳坐下，慢慢談起來：「宋婆婆，真的很感謝你們收留妙妙，給你們添麻煩了！牠有沒有調皮搗蛋啊？」

宋婆婆笑着擺擺手說：「哪兒的話啊？我家裏本來就人少，現在能有妙妙陪在我身邊，為家中添點生氣，應該是我要感激你們呢！」

自從把妙妙送走後，江媽媽雖然沒有說出口，但心裏其實很掛念牠，很想知道妙妙能否跟新主人愉快地相處，如今見到宋婆婆對妙妙寵愛有加，才真正放下心頭大石：「那我就

安心了！」

　　一提起妙妙，宋婆婆的話可多了，越說越起勁：「妙妙乖巧極了，我每天早上起牀後，牠都會一動不動地蹲在我身邊，陪着我一起做晨操，一起讀報紙，十分惹人喜愛。」

　　坐在嬰兒車上的小弟弟不能走動，只好眨着精靈的大眼睛，牢牢地盯着草地上那些哥哥姐姐們快樂的笑臉，目光中透着滿滿的羨慕。

　　就在這時，一個鑲着彩虹光環的肥皂泡泡從他眼前掠過，然後再斜斜地往上飄，漸漸越飄越快，眼看快要

消失不見時，另一個更大的泡泡又闖

進了他的視線，一個接着一個，而且

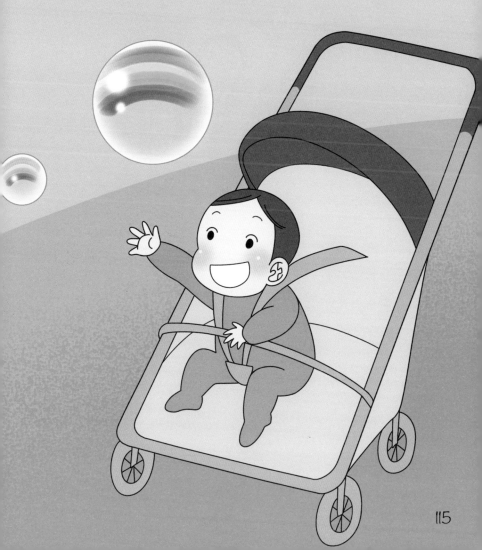

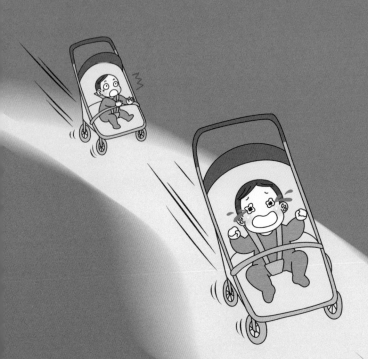

一個比一

個大，小弟弟看得

興奮不已，不停揮動雙手想

要把它們抓住。

　　也許是他用力過猛，又或許是嬰

兒車的車輪未有徹底鎖好，嬰兒車竟

快速地往前滑行，直向着小斜坡下的
青草地衝下去。

　　嬰兒車突然往下滑，坐在車上的
小弟弟被嚇壞了，張大嘴巴哇哇大哭
起來。

第十一章 勇敢的姊姊

　　聽到弟弟的啼哭聲，江媽媽和江小柔同時大吃一驚，急忙地跳了起來，循聲望向嬰兒車的方向，只見嬰兒車正沿着小斜坡往下滑，向着一羣正在草地上嬉戲的孩子們衝過去。

江媽媽眼見情勢危急，
隨即衝上前想阻止嬰兒車滑
行，但無奈她身處斜坡上的
小徑，跟嬰兒車已有一段
距離，即使她再拚命地往前

衝，也無法趕及。

　　就在這千鈞一髮之際，坐在小斜坡上的江小柔不假思索地衝過去，一雙手用盡全力地按住嬰兒車前方的扶把，才總算把車子剎停了。

坐在嬰兒車內的弟弟並未有受傷，只因驚慌過度而大哭，但小柔自己卻被車子的餘勁撞倒在地，落地時右手碰到了一塊石頭，擦傷了手肘，鮮紅的血從傷口流出來了。

宋瑤瑤跑上前一
看，掩嘴驚呼：「哎
呀，小柔，你受傷
了啊！」

　　江媽媽聽到
瑤瑤這麼一喊，心中更是着急，遠遠
看了弟弟一眼，見他雖然淚眼汪汪，
但洪亮的啼哭聲跟平日撒嬌時沒兩
樣，知道他
應無大礙。
正當她遲疑
應該先看小

柔還是弟弟時，宋婆婆及時趕到，將
正在哭鬧的小弟弟一把抱入懷中，一
邊好言安撫，一邊回頭對江媽媽說：
「放心吧，弟弟安然無恙，我先幫你
看顧着，你快去看看小柔吧！」
　　「好，弟弟就拜託你了！」
　　江媽媽的確急於知道小柔的情
況，也不推辭，
立刻轉身跑到小
柔身旁，一邊把
她從頭到腳地檢
查一回，

一邊關切地追問：「小柔，你怎麼樣了？傷到哪兒了嗎？」

　　江小柔本以為媽媽必定會先安撫弟弟，沒料到她居然首先跑過來關心自己，心頭頓時一陣感動。她摸着右手手肘位置，勉強地擠出一絲笑容

說：「沒什麼，就是手肘撞了一下。」

「讓我看看！」江媽媽馬上把小柔的右手輕輕扳過來，只見右手手肘位置，果然有一道數厘米長的傷口，紅彤彤的鮮血映入眼內，看得江媽媽心驚膽跳，幸好傷口並不是太深，只是皮外傷，回家處理一下即可。

江媽媽長長地呼了一口氣，溫柔地笑說：「來，我們回家，媽媽幫你包紮傷口！」

江媽媽邊說邊扶着小柔站起來，宋婆婆和瑤瑤也趕忙推着嬰兒車，緊緊地跟在後頭。

　　江媽媽帶着小柔匆匆回到家後，
立刻取出藥箱，用消毒藥水為她清洗
傷口，並塗上藥水，再用繃帶把傷口
包紮起來。整個過程，江媽媽都是輕
手輕腳的，唯恐稍一使勁，便會把小

柔弄痛。

小柔感動地説：「謝謝媽媽！」

江媽媽心中一暖，忍不住將她輕輕擁入懷中，一臉抱歉地説：「不，我是媽媽，保護你們是我的責任，是媽媽失職了。倒是你最勇敢，是你救了弟弟，媽媽為你感到自豪。」

江小柔看在眼裏，聽在心裏，就在這一瞬之間，心中所有的不快和心結，一下子轉化為一絲甜甜的微笑。

第十二章　秘密約會

　　終於到了學校開放日當天，同學和家長們一大早便齊集禮堂，靜候繪畫比賽頒獎典禮的開始。

　　所有獲獎的同學都被安排坐在最

前的位置，以便待會兒可以一個接着
一個上台領取獎項。獲得冠軍的江小
柔，自然也不例外。

　　然而，在這一眾獲獎的同學當
中，卻唯獨她沒有家長陪同。

　　眼看別人跟父母言談甚歡的樣

子，她心中不免有些失落，心裏想：得到冠軍又如何？誰會在意？

　　不一會，羅校長宣布頒獎禮正式開始，同學們聽到校長宣讀自己的名字後，都興奮地陸續步上頒獎台。

　　當江小柔從羅校長手中接過獎項，然後望向台下的攝影師，預備拍照留念的那一刻，她竟發現媽媽不知什麼時候坐在觀眾席上，笑容滿臉地看着台上的自己，笑容中還隱隱閃着淚光。

　　「原來媽媽來了！」小柔很驚喜，立刻熱烈地跟媽媽揮手。

頒獎禮完畢後，江小柔捧着獎盃，一個箭步來到媽媽面前，笑意盈盈地說：「我以為你要留在家裏照顧弟弟，不能來呢！」

江媽媽挑一挑眉道：「我女兒的頒獎禮，怎麼能少得了我？我請爸爸休假一天，讓他在家看顧弟弟了呢！」

聽到媽媽是特意來參加自己的頒獎禮，江小柔很感動。她一直認為媽媽偏心弟弟，但如今看來，這不過就是個誤會罷了！

「小柔，我帶你去一個地方。」小柔還未回過神來，江媽媽就已拉着她的手，離開了校園。

「我們要去哪兒？」小柔呆了一呆。

「待會兒你自然知道。」江媽媽神秘一笑。

終於，江媽媽把她帶到宋婆婆的家門前。江媽媽一按門鈴，大門便旋即開啟，一個黑影飛快地從裏面閃出，直向着江小柔撲過去。

「噢！」江小柔驚呼一聲，還未及反應，那個黑影已然撲進她的懷裏。

她感到手背一陣癢癢的，一低頭，才發現這個黑影原來就是妙妙，牠正在親暱地舔着她的手背呢！

「妙妙！很久沒見啊，你好嗎？」江小柔笑逐顏開，一手把妙妙舉起，跟牠頭碰頭地親了一親，妙妙也興奮得連聲「喵喵」地叫。

早已恭候多時的宋瑤瑤和文樂心，適時地迎了上來，裝模作樣地揚一揚手：「歡迎光臨！」

江小柔見到她們也就更高興了，馬上抱着妙妙，跟她們一起圍坐

在客廳一角，吱吱喳喳地聊起天來。

　　她們足足玩了大半天，直到晚飯過後，到了不得不回家的時候了，江小柔才依依不捨地跟宋婆婆、瑤瑤、心心和妙妙一一道別。

　　跟媽媽一起踏上歸途時，想到自己跟妙妙這麼一別，也不知要何時何月才能再見面，江小柔不禁難過得紅了眼眶。

江媽媽理解地拍了拍她的肩膀：「你不必難過，我已經跟宋婆婆說好了，往後我會不時帶你來這兒探望她們，那麼你跟妙妙就能經常見面啊！」

「真的？不許反悔啊！」小柔驚喜地喊。

「當然！」江媽媽毫不猶疑地回答。

雖然如此，江小柔還是覺得不太踏實，索性伸出小尾指道：「我們來勾勾手指！」

江媽媽看着仍然孩子

氣的小柔，有些好笑地答應：「好
吧！」

跟小柔勾完手指後，江媽媽還故作神秘地把食指放到唇邊作噤聲狀，說：「噓，這可是我們母女間的秘密約會，千萬別讓爸爸和弟弟知道喔！」

江小柔覺得有趣極了，立刻模仿媽媽的神情，煞有介事地「噓」了一聲：「秘密！」

母女倆對望了一眼，樂呵呵地笑了起來。

鬥嘴一班

小弟弟來了

作　　者：卓瑩
插　　圖：Alice Ma
責任編輯：葉楚溶
美術設計：陳雅琳
出　　版：新雅文化事業有限公司
　　　　　香港英皇道 499 號北角工業大廈 18 樓
　　　　　電話：(852) 2138 7998
　　　　　傳真：(852) 2597 4003
　　　　　網址：http://www.sunya.com.hk
　　　　　電郵：marketing@sunya.com.hk
發　　行：香港聯合書刊物流有限公司
　　　　　香港荃灣德士古道 220-248 號荃灣工業中心 16 樓
　　　　　電話：(852) 2150 2100
　　　　　傳真：(852) 2407 3062
　　　　　電郵：info@suplogistics.com.hk
印　　刷：中華商務彩色印刷有限公司
　　　　　香港新界大埔汀麗路 36 號
版　　次：二〇一八年十月初版
　　　　　二〇二二年十一月第五次印刷

ISBN: 978-962-08-7150-4
© 2018 Sun Ya Publications (HK) Ltd.
18/F, North Point Industrial Building, 499 King's Road, Hong Kong
Published in Hong Kong SAR, China
Printed in China